Le Corbeau et le Renard

Contes & Fables

Il était une fois, un Corbeau qui était très vaniteux. Toute la journée, il parlait de toutes ses qualités aux animaux de la forêt.

- Je suis si beau et tellement intelligent que je devrai être le roi de la forêt !

Tous les animaux riaient de lui dès qu'il avait le dos tourné.

- Monsieur Corbeau se croit le meilleur d'entre nous ! se moque la Grenouille.

Les animaux avaient rapidement compris, qu'avec un peu de flatterie, ils pouvaient facilement profiter du Corbeau.

La Grenouille doit attraper des araignées pour nourrir ses enfants. Mais il fait chaud et elle est un peu fatiguée.

- Monsieur Corbeau ! Tu es tellement intelligent et si malin ! Je suis sûre que tu pourrais attraper des dizaines d'araignées en quelques instants !

- En effet, je suis vraiment brillant ! Regarde ! Cela ne me prendra que quelques secondes ! répond le Corbeau.

Toute la journée, le Corbeau vole à gauche et à droite pour attraper des araignées !

Pendant ce temps, la Grenouille joue tranquillement au ballon avec ses enfants...

Le Cerf adore les pommes, mais il ne veut pas attendre qu'elles tombent du pommier.

- Eh, monsieur Corbeau ! Ton bec est tellement coupant, c'est incroyable ! Je suis persuadé que tu pourrais faire tomber toutes les pommes de ce pommier !

Le Corbeau claque le bec avantageusement.

- En effet, mon bec est plus coupant qu'un couteau ! Regarde comme je fais tomber ces pommes rapidement !

Le Corbeau vole vers le pommier et clac, clac clac... les pommes tombent sur le sol, les unes après les autres.

Le Cerf croque les pommes en souriant.

La Tortue se prélasse le bord du lac quand elle voit qu'elle a oublié ses lunettes de soleil chez elle.

- Ah, Maître Corbeau ! Tout le monde me dit que tu es l'oiseau le plus rapide de la forêt, que tu voles plus vite que le vent ! Je suis sûre que tu pourrais aller chercher mes lunettes de soleil en quelques secondes !

Le Corbeau secoue ses ailes avec fierté et s'envole aussitôt. Il revient bientôt, un peu essoufflé, les lunettes de soleil entre ses pattes.

- Me voilà déjà ! dit le Corbeau. Je suis vraiment l'oiseau le plus rapide du monde !

La Tortue sourit en mettant ses lunettes.

Le Hérisson a besoin de feuilles mortes pour préparer son nid pour l'hiver. Il a une excellente idée pour gagner du temps.

- Maître Corbeau ! Tu es tellement fort, tellement vigoureux ! Je suis sûr que tu pourrais même soulever toutes ces feuilles mortes jusqu'à mon nid !

Le Corbeau gonfle ses muscles fièrement.

- Admire un peu ma force, Hérisson ! répond le Corbeau.

Péniblement, le Corbeau soulève les feuilles mortes et les déplace devant le nid du Hérisson.

Pendant ce temps, le Hérisson boit un verre de jus d'orange tranquillement.

- Quel idiot ce Corbeau ! rit le Hérisson. Je lui ai fait déplacer toutes les feuilles mortes pour mon nid !

- Quand à moi, je l'ai convaincu de faire tomber toutes les pommes du pommier ! ajoute le Cerf.

- Avec un peu de flatterie, on peut tout lui demander ! renchérit la Tortue.

Les animaux éclatent de rire devant la vanité du Corbeau.

Le renard voit alors le Corbeau avec un énorme fromage dans le bec.

- Je pense qu'il est temps de donner une bonne leçon à ce vaniteux ! dit le Renard en riant.

- Maître Corbeau ! Toute la forêt ne parle que de toi ! Il paraît que tu es tellement fort, ton bec est si coupant, ton intelligence est sans égale ! flatte le Renard.

Le Corbeau, ravi, hoche la tête. Il ne peut pas répondre à cause de l'énorme fromage dans son bec !

- On m'a même dit que ta voix était la plus mélodieuse de la forêt. Tu devrais devenir une star de la chanson et faire profiter à tous de ton talent ! continue le Renard en souriant.

Le Corbeau, débordant de fierté, ouvre grand le bec pour montrer à tous sa belle voix.

- Crôa, Crôa, Crôa ! croasse le Corbeau.

Le fromage tombe au pied du Renard !

Le Renard saisit le fromage tombé par terre et le mord à belles dents. Le Corbeau s'aperçoit alors qu'il a perdu son repas. Le Renard éclate de rire et lui dit :

- Monsieur Corbeau, que ta mésaventure t'apprenne cette leçon importante : les flatteurs veulent toujours profiter de toi ! Ce beau fromage sera mon paiement pour cette leçon !

LE CORBEAU ET LE RENARD

Maître Corbeau, sur un arbre perché,
Tenait en son bec un fromage.
Maître Renard, par l'odeur alléché,
Lui tint à peu près ce langage :
Et bonjour, Monsieur du Corbeau.
Que vous êtes joli ! que vous me semblez beau !
Sans mentir, si votre ramage
Se rapporte à votre plumage,
Vous êtes le Phénix des hôtes de ces bois.
À ces mots, le Corbeau ne se sent pas de joie ;
Et pour montrer sa belle voix,
Il ouvre un large bec, laisse tomber sa proie.
Le Renard s'en saisit, et dit : Mon bon Monsieur,
Apprenez que tout flatteur
Vit aux dépens de celui qui l'écoute.
Cette leçon vaut bien un fromage, sans doute.
Le Corbeau honteux et confus
Jura, mais un peu tard, qu'on ne l'y prendrait plus.

Jean de La Fontaine
Les fables de La Fontaine

LE CORBEAU ET LE RENARD

Un corbeau, ayant volé un morceau de viande, s'était perché sur un arbre. Un renard l'aperçut, et, voulant se rendre maître de la viande, se posta devant lui et loua ses proportions élégantes et sa beauté, ajoutant que nul n'était mieux fait que lui pour être le roi des oiseaux, et qu'il le serait devenu sûrement, s'il avait de la voix. Le corbeau, voulant lui montrer que la voix non plus ne lui manquait pas, lâcha la viande et poussa de grands cris. Le renard se précipita et, saisissant le morceau, dit : « Ô corbeau, si tu avais aussi du jugement, il ne te manquerait rien pour devenir le roi des oiseaux. »

Cette fable est une leçon pour les sots.

Ésope
Traduction par Émile Chambry.

Découvrez nos séries

Les aventures de mon prénom

J'apprends...

Contes & Fables

Manufactured by Amazon.ca
Bolton, ON

21583672R00021